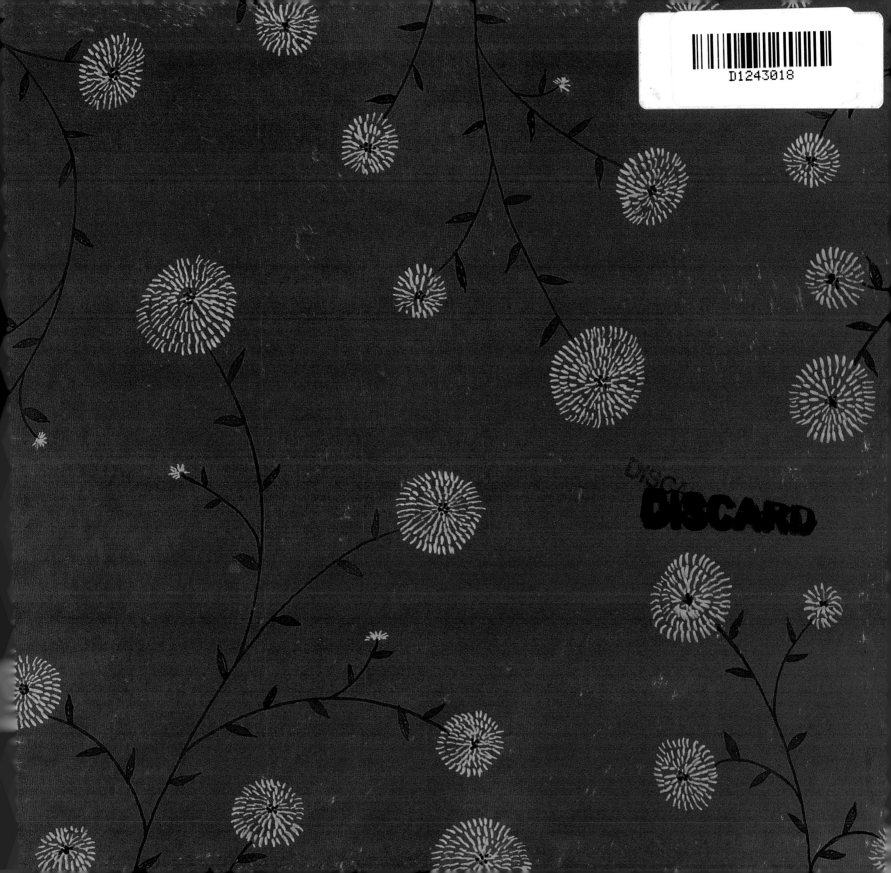

© del texto | Carmen Gil 2005
© de las ilustraciones | Elena Odriozola 2005
© de esta edición | OQO editora 2005

Alemaña 72 | 36162 PONTEVEDRA
Tel. 986 109 270 | Fax 986 109 356
OQO@OQO.es | www.OQO.es

Diseño | Oqomania

Primera edición | noviembre 2005
ISBN | 84.96573.06.0
DL | PO.473.05

A Elvira y Adriana, princesas de un castillo verde

La princesa que bostezaba a todas horas

Carmen Gil & Elena Odriozola

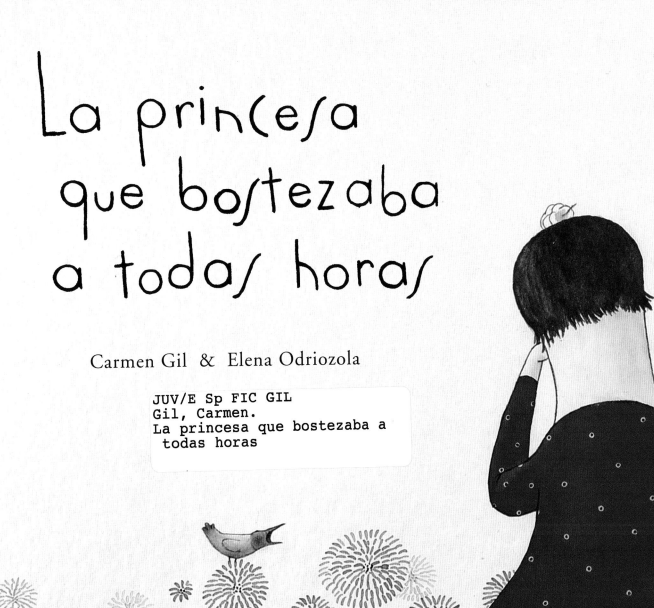

OQO EDITORA

Esta es la historia de un palacio amarillo,
de un rey con corona de oro
y de una princesa que bostezaba a todas horas.

El rey andaba todo el día recorriendo
de arriba abajo y de abajo arriba
la alfombra real.

Tenía una preocupación enorme:
¡su hija no hacía más que bostezar!

Tanto abría la boca
que ya se le habían colado
un par de moscas frioleras,
un colibrí despistado
y una mariposa violeta.

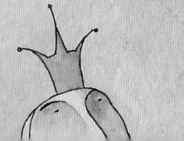

Como los bostezos son tan contagiosos,
todo el palacio andaba con la boca abierta:
el rey bostezaba, la reina bostezaba,
los ministros bostezaban...,

¡hasta el gato y el perro del jardinero bostezaban!

– **¿Por qué bostezará tanto esta princesa?**
-se preguntaba el rey-.
¿Será de hambre?

Por si acaso, mandó traer
los manjares más exquisitos
de países lejanos:
helado de Italia, arroz de la China,
cacao del Brasil, pescado crudo del Japón,
saltamontes fritos de Tailandia...

La princesa comió hasta hartarse,
¡pero no dejó de bostezar!

Y también bostezaron
el rey, la reina, los ministros…
¡y hasta el gato y el perro del jardinero!

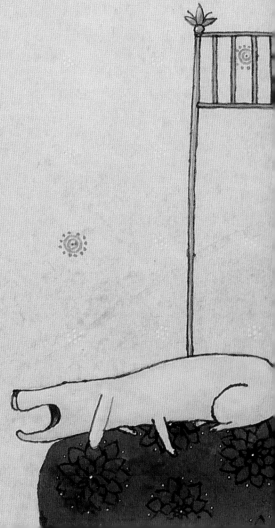

El rey seguía preocupado,
recorriendo de arriba abajo y de abajo arriba
la alfombra real:

– ¿Por qué bostezará tanto esta princesa?
¿Será de sueño?

Por si acaso,
mandó preparar una cama blandita
con colchón de plumas,
sábanas de seda y dosel de raso.

Además,
ordenó que la perfumaran
con pétalos de rosa,
y trajeran al mejor cantor
para que, tocando su laúd,
la arrullara con dulces nanas.

La princesa durmió a pierna suelta
hasta que un rayo de sol travieso
se coló por la ventana
y se puso a jugar con su pelo,
¡pero no dejó de bostezar!

Y también bostezaron
el rey, la reina, los ministros...
¡y hasta el gato y el perro del jardinero!

El rey, piensa que te piensa,
alfombra arriba y alfombra abajo,
ya había desgastado
las suelas de sus zapatos reales;
y volvió a preguntarse:
— **¿Por qué bostezará tanto esta princesa?**
¿Será de aburrimiento?

Por si las moscas,
trajo del reino vecino
una elefanta amarilla
que contaba unos chistes
para mondarse de risa.
¡Pero la princesa siguió bostezando!

Y también el rey, la reina, los ministros...
¡y hasta el gato y el perro del jardinero!

La noticia fue corriendo de boca en boca.

Pronto todos los reinos colindantes
se enteraron del gran problema de la corte.

Acudieron matasanos
y curanderos de los alrededores;
pero por más jarabes que le hicieron tomar,
por más ungüentos que le aplicaron,
¡la princesa siguió bostezando!

Y también el rey, la reina, los ministros...
¡y hasta el gato y el perro del jardinero!

Un día,
mientras paseaba por los jardines,
el hijo de un criado de palacio
intentó acercarse a la princesa.

El pobre se puso tan nervioso
que tropezó con la raíz de un roble
y se cayó de narices en la fuente real.

Cuando salió, hecho una sopa,
llevaba una carpa de colores
asomándole por la boca,
y un par de cangrejos colgados de sus orejas.

Al verlo,
a la princesa le dio un ataque de risa
y estuvo más de un cuarto de hora *¡ja-ja-já!*
sin dar un solo bostezo.   *¡ji-ji-jí!*

Y tampoco bostezaron
el rey, ni la reina, ni los ministros…,
¡ni siquiera el gato y el perro del jardinero!

El muchacho, temblando como un flan,
pero contento con la risa de la princesa,
consiguió decirle:
– **¡So lento, Simprosa!**

Que en el lenguaje de los que se les lía la lengua
quiere decir: *Lo siento, Princesa.*

Cuanto más hablaba el muchacho,
más risa le entraba a la niña.
Y cuanta más risa le entraba a la niña,
más hablaba el muchacho:
– **¿Me rahía el nohor, Jamestad,
de atepzar un seprente?**

Que en el lenguaje de los que se les lía la lengua
quiere decir: *¿Me haría el honor, Majestad,
de aceptar un presente?*

El hijo del criado,
rojo como un tomate,
le entregó una cajita de madera.

Cuando la abrió,
a la princesa le nació una sonrisa en el rostro:
dentro estaba la rana más verde y brillante
que había visto nunca.

El muchacho llevó a la princesa
a coger grillos,
a tirarse rodando por la montaña,
a buscar fantasmas a un castillo abandonado,
a chapotear en la charca,
a jugar al correquetepillo,
a pintarse la cara con barro...

y a disfrutar de todos esos juegos
que a la niña siempre le habían estado prohibidos.

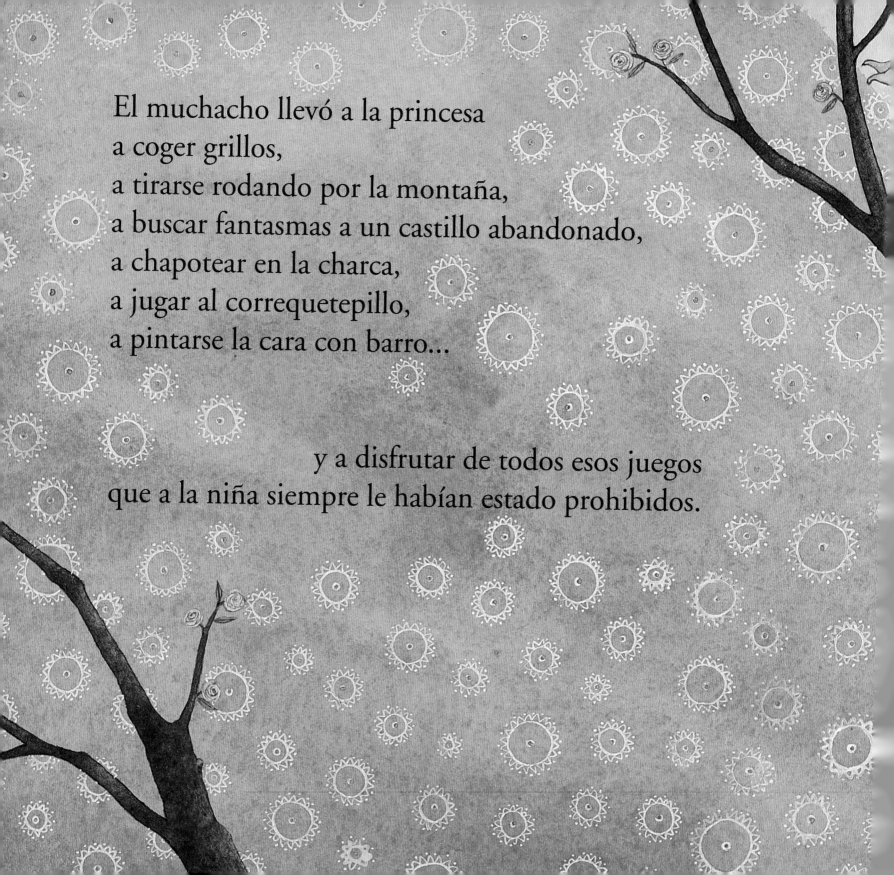

A partir de aquel día se hicieron amigos.

La princesa
dejó de bostezar a todas horas.

Y también el rey, la reina, los ministros...
¡y hasta el gato y el perro del jardinero!

Y es que
ni las bolas de helado de Italia,
ni los colchones de pluma,
ni las elefantas amarillas
alegran el corazón de las princesas
tanto como un buen amigo.

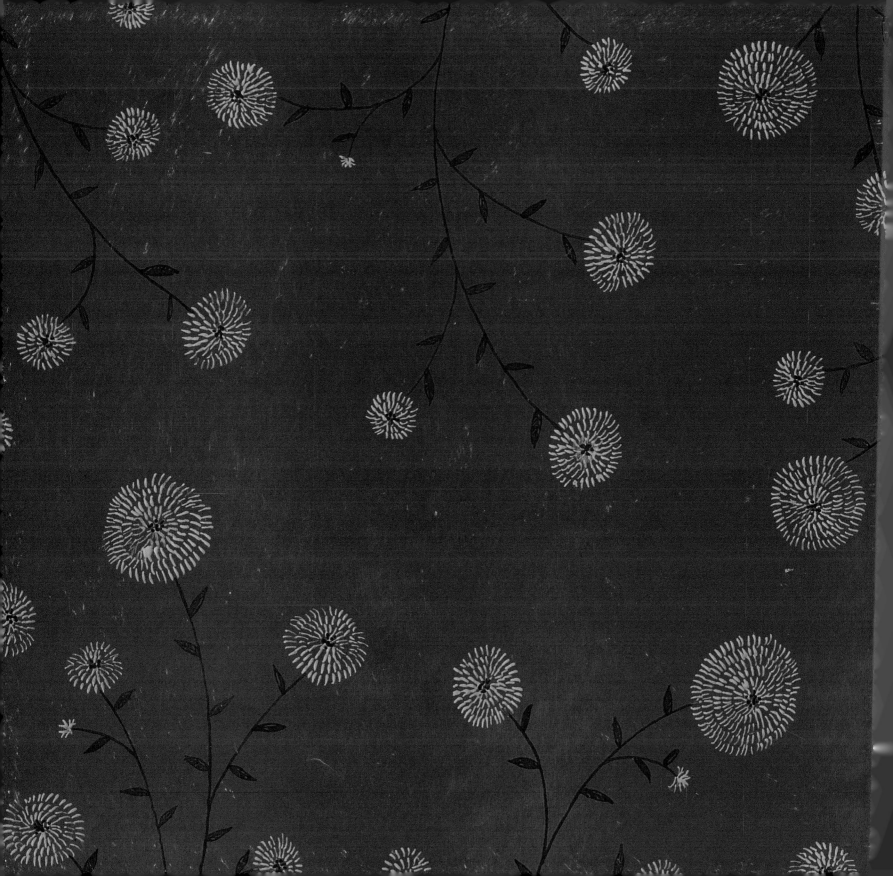